Als Dinosaurier durch die Neuzeit

Torsten Raap

Als Dinosaurier durch die Neuzeit

Über den korrekten Umgang mit Café Latte, E-Scootern und Internet

Bibliografische Information der
Deutschen Nationalbibliothek:
Die Deutsche Nationalbibliothek verzeichnet diese
Publikation in der Deutschen Nationalbibliografie;
detaillierte bibliografische Daten sind im Internet über
http://dnb.dnb.de abrufbar.

Herstellung und Verlag:
BoD – Books on Demand, Norderstedt

ISBN: 978-3-750-41085-5

Inhaltsverzeichnis

Vorwort   7

Einkaufen macht Spaß   9

Handyterror   19

Einen Kaffee, bitte!   27

Hindernismenschen 2.0   37

Pokémon Go Home!   43

Online-Tickets   51

Faster, harder, Scooter!   57

Abenteuer Buchmesse   65

Online-Dating   79

Asoziale Medien   87

Nachwort   93

Vorwort

Wir leben in modernen Zeiten. Gut, das hat Charlie Chaplin bereits 1936 festgestellt. Aber damals kannte er auch noch keine Smartphones, kein Internet und keinen Shitstorm. Er kannte keine Coffeeshops mit 286 verschiedenen Kaffeevariationen. Er kannte keine Supermärkte, in denen viel zu viele Menschen viele unnütze und ungesunde Dinge kaufen. Und er kannte auch noch keine E-Scooter.

Der Autor des vorliegenden Werkes kennt dies alles. Er lebt in diesen Zeiten. Leider ist er über 50 und gehört damit laut neuester Definition der Twitter- und Instagram-Generation zu den „alten weißen Männern". Den Dinosauriern, den ewig Gestrigen, die nichts mehr verstehen, die alles kritisieren und schlecht finden, was die modernen Zeiten mit sich bringen. Aber es ist doch so: Das meiste **ist** furchtbar! Und daher ist es wichtig, diesen Wahnsinn zu dokumentieren und anderen Gleichgesinnten eine kleine Handlungsempfehlung für den Umgang damit und für ein halbwegs entspanntes Leben in der heutigen Zeit an die Hand zu geben.

In diesem Sinne: Bleiben Sie tapfer! Es ist noch nicht alles verloren. Und beim nächsten Meteoriteneinschlag fangen wir dann einfach nochmal ganz von vorne an.

Einkaufen macht Spaß

Wochenende! Welch ein schönes Wort, ein wahres Kleinod der deutschen Sprache. Die Arbeitswoche liegt hinter Dir und die Aussicht auf wahlweise entspannte oder vergnügliche 48 Stunden lässt das Herz im Leibe höher hüpfen. Nur der Blick in den Kühlschrank offenbart Betrübliches, denn mit einem halben Paket Margarine und einer einsamen Scheibe Bierschinken allein sind diese zwei Tage auch bei höchster Askese nicht zu bewerkstelligen. Also ist der Gang in den Supermarkt des Vertrauens angesagt. Denn auch wenn man, so wie ich, keine zehnköpfige Familie zu verköstigen hat, so gelüstet es mich doch ab und zu nach Leckereien wie frischem Brot, einem guten Tropfen Rotwein, diversen Aufschnittvariationen, frischem Fleisch und Gemüse oder aber, seien wir ehrlich, auch mal nach einer Tiefkühlpizza von Dr. Oetker. Verfeinert mit Salami und geriebenem Käse übrigens ein wahrer Hochgenuss. Und auch etwas Süßes und was zum Knabbern muss im Haus sein. Und natürlich Bier.

Es führt also kein Weg daran vorbei: Auf in den Supermarkt. Ob Edeka, Lidl, Aldi oder Kaufland ist dabei übrigens völlig egal, denn eins haben diese Geschäfte an einem Samstagvormittag alle gemeinsam: Sie sind voll mit anderen Kauflustigen, die ebenfalls vom Hereinbrechen des Wochenendes überrascht wurden. Die einzigen Orte, die am Samstag ähnlich stark besucht sind, sind IKEA-Filialen, Baumärkte und

Waschstraßen. Nun gut, es hilft ja nichts. Der Magen brummt und um 15.30 Uhr beginnt ja auch schon die Sky-Bundesliga-Konferenz, also ist Eile geboten.

Nachdem ich auf dem völlig überfüllten Kundenparkplatz mehrere Runden gedreht habe, erspähe ich endlich ein Fahrzeug, das durch eingeschaltete Rückfahrlichter seine Bereitschaft zum Ausparken anzeigt. Also stelle ich mich rechtsblinkend dahinter und warte. Nachdem besagtes Fahrzeug dann mehrfach mehrere Millimeter vor- und zurücksetzt, hat es schließlich seine endgültige Parkposition erreicht und der/die Fahrer(in) steigt aus. Fluchend setze ich meine kreisförmige Fahrt fort und quetsche den Boliden dann schließlich in eine viel zu kleine Lücke.

Nachdem ich das Fahrzeug dann durch das Schiebedach verlassen habe, stoße ich auf das nächste Hindernis auf dem Weg zur Grundversorgung mit den benötigten Nahrungsmitteln: die Beschaffung des Einkaufswagens. Entweder sind bereits alle in Gebrauch oder man hat kein passendes Geldstück bei sich. Also versuche ich bei anderen Kunden meine vier 10-Cent- und drei 20-Cent-Stücke in einen Euro umzutauschen. Manchmal hat man Glück, meistens nicht. Heute nicht. Also gehe ich in den Markt und warte geduldig, bis die Kassiererin die Kasse aufmacht und mir das passende Geldstück wechselt. Dann trotte ich zurück zu den Einkaufswagen, nur um festzustellen, dass der einzige verfügbare Wagen einen schweren Achsschaden hat, so dass er stark nach links zieht und ich ständig gegensteuern muss.

Die Alternative, dann lieber überhaupt keinen Wagen zu nehmen und stattdessen die Waren im Arm zur Kasse zu tragen, ist nur bei einem Einkauf von bis zu maximal fünf Artikeln zu empfehlen, denn ein auf dem Boden zerschellendes Gurkenglas oder eine 2-Liter-Colabombe bereiten nicht nur dem Verkaufspersonal viel Freude.

Nun gut, ich habe also einen halbwegs passablen Einkaufswagen ergattert. Jetzt lauert die nächste Herausforderung unmittelbar im Eingang des Supermarktes. Denn es existiert eine bestimmte Spezies von Mitbürgern, deren liebste Freizeitbeschäftigung darin besteht, ihren Mitmenschen das Leben möglichst schwer zu machen. Zum Beispiel indem sie in Dreier- oder Vierergruppen mitten im Eingangsbereich des besagten Supermarktes stehen, um sich lebhaft zu unterhalten und sich dabei keinesfalls von denjenigen stören lassen, welche verzweifelt versuchen, Einlass zu erlangen. Ich sehe nur eine einzige Möglichkeit, diesen Sperrgürtel zu durchbrechen. Also senke ich den Blick wie ein Stier, nehme Anlauf und halte mit gehörigem Tempo unter dem Ausruf „Achtung, aus dem Weg!" auf die Blockade zu. Rentnern wird heutzutage viel Unrecht getan. Diese hier jedenfalls sind noch recht flott auf den Beinen und können sich mit einem Hechtsprung in die Gemüseauslage vor dem Einschlag des Einkaufswagens retten. Den Schockmoment ausnutzend und die wüsten Beschimpfungen ignorierend passiere ich den dafür vorgesehenen Eingang. Ich bin drin!

Beflügelt durch dieses Erfolgserlebnis erhält meine Euphorie bereits in der Obst- und Gemüseabteilung den nächsten Dämpfer. Egal welche Frucht ich mir als Abschluss eines opulenten Mittagsmahls erwählt habe, es steht immer schon jemand davor und versucht durch Abtasten, Klopfen oder Riechen den Reifegrad und die Haltbarkeit des erwählten Fruchtkörpers zu ermitteln. Gut, dann eben heute keine Honigmelone, Bananen tun es auch.

Am Brotregal gibt es überraschenderweise heute keine Widerstände zu überwinden. Ich wähle das Brotpaket, auf dessen Verpackung das am weitesten in der Zukunft liegende Haltbarkeitsdatum aufgedruckt ist, wohlwissend, dass ich die letzten zwei Scheiben ohnehin wieder wegwerfen muss, da ich sie im geschlossenen Brotkasten vergessen werde. Das frischeste Brot liegt natürlich ganz hinten, so dass ich das komplette Regal quasi auf links drehen muss. Ich hasse mich dafür, aber eine von den aufgeweckten jugendlichen Aushilfskräften wird das schon wieder in Ordnung bringen. Also schnell weiter!

Bei den Konserven trifft man meistens auf andere alleinstehende Junggesellen mittleren Alters. Eine leckere Dosensuppe von Sonnen-Bassermann ist für diese Klientel der Gipfel der Hochgenüsse. Zur Beruhigung des Gewissens liegt dann im Einkaufswagen daneben ein Bund Karotten oder Tomaten. Pah, diese Blöße gebe ich mir nicht. Selbstbewusst lege ich die Dose mit Pichelsteiner Eintopf neben die Würstchen im Glas, die Zwei-Liter-Flasche Rotwein und die Tiefkühlpizza. Man muss auch mal zu seinen Lastern stehen.

Jetzt brauche ich noch Eier. Wie praktisch, dass ich gerade vor dem entsprechenden Regal stehe. Hier hat man dann ebenfalls die Qual der Wahl: Bio oder nicht Bio, Freiland- oder Käfighaltung, weiß oder braun, deutsch oder holländisch, groß oder klein, Güteklasse A, B oder C. Während ich noch überlege, durchdringt eine schrille Stimme meine Gedanken: „Heinz, wie viele Eier hast Du noch?" Die Stimme gehört zu einer stattlichen Dame im geblümten Kleid und die Frage wird scheinbar in den leeren Raum hinein gestellt. „Heinz! Wie viele Eier hast Du?" Ich unterdrücke den Drang, ihr mitzuteilen, dass zwei Eier die übliche Anzahl bei männlichen Mitmenschen sind. Dann schlurft Heinz um die Ecke. Er ist ungefähr halb so stattlich wie seine Gattin und damit nur unwesentlich größer als der Einkaufswagen, den er vor sich herschiebt, und der mit allerlei gesunden Lebensmitteln gefüllt ist. Jedenfalls erblicke ich darin nichts, was einem Mann schmecken könnte. Heinz scheint sich allerdings mit seinem Schicksal abgefunden zu haben; er ignoriert mit stoischer Gelassenheit die nun bereits zum dritten Mal an ihn mittlerweile in stark erhöhter Lautstärke gestellte Frage nach der noch verfügbaren Anzahl seiner Testikel. Auf sein trauriges Achselzucken hin stellt seine rigorose Gattin ein Zehnerpack Eier in den Wagen, direkt neben den Fenchel und den Dinkelauflauf. Danach befiehlt sie ihm in herrischem Ton, ihr zu folgen. Heinz tut, wie ihm geheißen wird. Er schlurft von dannen und ich sehe es ihm überdeutlich an: Heinz hat keine Eier mehr!

Um von diesem traurigen Anblick wieder loszukommen, greife ich nach einem Sechserpack Bio-Eier. Es ist ein gutes Gefühl, damit einen kleinen Beitrag zur Rettung des Planeten zu leisten. Zum Ausgleich meiner Öko-Bilanz kaufe ich dann noch fünf Packungen Alu-Kaffeekapseln.

Nachdem ich mich am Frischeregal noch mit diversen Wurst- und Käsesorten versorgt habe, sowie mit Butter, Joghurt und Milch, wird es nun Zeit, diesen gastlichen Ort zu verlassen. Denn ich habe auch Tiefkühlware eingekauft und die Kühlkette darf keinesfalls unterbrochen werden. Zumindest nicht noch einmal, denn so richtig glaube ich nicht an die lückenlose Existenz einer Kühlkette, auch wenn ich keine Beweise dafür habe. Aber das Risiko kann ich nicht eingehen, also ab zur Kasse.

Die Auswahl der Kassenschlange will wohl überlegt sein. Häufig verfällt man der irrigen Annahme, an der kürzesten Schlange ginge es auch am schnellsten. Hier ist allerdings ein prüfender Blick auf die Käufer sowie auf den Inhalt ihrer Einkaufswagen anzuraten. Die vorhin bereits erwähnten alleinstehenden Junggesellen sind dabei eine gute Wahl. Sie haben meistens nur fünf Artikel dabei, zahlen schnell und quatschen nicht rum. Abzuraten ist dagegen davon, sich bei älteren Damen anzustellen, auch wenn sich nur wenige Artikel im Wagen befinden. Zu jedem dieser

Artikel gibt es eine Anekdote, außerdem muss die Kassiererin über das Wetter befragt und ihr die neuesten Informationen über die Enkelkinder mitgeteilt werden. Beim Bezahlen wird das Kleingeld aus mitgebrachten Plastiktüten in Centstücken einzeln auf den Verkaufstresen gezählt. Auch das Einpacken der Waren geschieht nur in Zeitlupentempo, was bei den nachfolgenden Kunden zu größeren Staus und schmelzendem Speiseeis und Tiefkühlkost führt. Aber auch die hinter einem anstehenden Kunden sind genauestens zu beobachten. Besonders nett sind die lieben Kleinen, die einem mit wachsender Begeisterung immer wieder den vollen Einkaufswagen in die Achillessehne rammen. Auf jeden Fall ist es vollkommen egal, wo man sich anstellt: Die andere Schlange wird immer schneller sein als die eigene. Und sobald eine weitere Kasse aufgemacht wird, setzt die Stampede ein und das Feld wird von hinten aufgerollt.

Ich stelle mich also in eine beliebige Schlange und schalte erst einmal mein Gehirn ab. Wenn man stumpf in die Gegend starrt, ist die Wartezeit am besten zu überstehen. Keinesfalls sollte man nochmals seinen Einkaufszettel durchgehen. Wenn man dann etwas vergessen hat, geht nämlich der ganze Stress von vorne los. Notfalls kann man das fehlende Produkt immer noch an der Tanke holen. Es sei denn, es handelt sich um etwas so Exotisches wie z.B. Weinbergschnecken in Aspik. Aber erstens: Wer kauft so etwas? Und zweitens ist es mittlerweile nicht einmal unwahrscheinlich, dass der Tankstellenshop auch solche Artikel im Sortiment führt. Benzin ist jedenfalls nur noch ein Nebenprodukt und die erste benzinfreie Tankstelle wird meiner Meinung nach bald eröffnet werden.

Unterdessen habe ich das Laufband erreicht und beginne, meine Waren daraufzulegen. Die Dame vor mir legt hastig den Warentrenner zwischen unsere Einkäufe. Vermutlich hat sie Angst, dass meine Fleischwurst ihre Tofu-„Schnitzel" verseuchen könnte. Nein, ich werde jetzt nicht über Veganer und Vegetarier herziehen. Dafür braucht es schon ein eigenes Kapitel. Als ich alle meine Produkte auf dem Band habe, ist die Dame vor mir gerade am Bezahlen. Dies geht erfreulich zügig vonstatten, im Gegensatz zu ihren Bemühungen, ihre Einkäufe in mehrere mitgebrachte Jutebeutel zu verstauen. Die Kassiererin interessiert das wenig, sie ist bereits dabei, meine Waren abzukassieren und schiebt die Dosensuppe, den Sechserträger Bier und die Fertigpizza Speciale von Dr. Oetker in Windeseile über den Scanner. Da ich die Panik in den Augen der anderen Kundin sehe, schmeiße ich meine bereits gescannten Produkte erstmal kreuz und quer wieder in meinen Einkaufswagen. Die Suppendose landet schwer auf den Joghurtbechern, um solche Nebensächlichkeiten kann ich mich jetzt nicht kümmern. Zum Glück versagt der Scanner bei der Pfeffersalami seinen Dienst. Die Kassiererin muss den Code per Hand eintippen, das verschafft mir und der anderen Kundin etwas Zeit. Ich sortiere meine Waren einigermaßen sinnvoll im Einkaufswagen und die Kundin verstaut endlich die letzte Sojamilch in ihren Jutebeuteln. Erleichtert nickt sie mir zu, ich nicke zurück, wir verstehen uns. Auch wenn wir uns niemals miteinander den Kühlschrank teilen würden, die Situation schweißt uns zusammen.

Die Kassiererin hat mittlerweile alle meine Einkäufe über den Scanner gezogen und ihren Beitrag zur Kaufabwicklung damit beendet. Also raffe ich die letzten Produkte zurück in den Wagen und zücke mein Portemonnaie, um meinen Einkauf mit Bargeld zu bezahlen! Oh ja, ich bezahle noch in bar! Ich gehöre nicht zu denen, die ihren popeligen Schokoriegel für 95 Cent mit der EC-Karte bezahlen, dabei zweimal die falsche Pin eingeben, dazu noch ihre dämlichen Treuepunkte kassieren und dann auch noch den Beleg haben wollen. Nein, ich trage tatsächlich noch Bargeld mit mir herum, auch wenn mich das als aussterbende Spezies brandmarkt, das ist mir egal. Ich will also gerade den ersten Schein auf den Tresen legen, als neben mir wie aus dem Nichts eine Stimme ertönt:
„Die Gurke ist kaputt!"
Ich schaue nach links und erblicke eine graue Frau. Nicht nur die Haare, alles an ihr ist grau. Ihre Haare, ihre Kleidung, ihre Haut, ihre Stimme – alles grau. Nur nicht die grüne Salatgurke, die sie wie ein Zepter hochhält. In Richtung der Kassiererin wiederholt sie anklagend ihre Aussage nochmals, mit etwas mehr Nachdruck, also noch etwas grauer: „Die Gurke ist kaputt!!!"

Ganz gegen meine sonstigen Instinkte ignoriere ich, dass sich die graue Frau gerade vordrängelt und sage in beruhigendem Tonfall: „Nein, die ist nicht kaputt. Die Batterien sind nur nicht inklusive." Ich freue mich über den gelungenen Scherz und sehe auch den neben mir stehenden Kunden breit grinsen. Frau Grau sieht mich mit einem durchdringenden Blick an. Mir wird schlagartig kalt und der Orangensaft in meinem Einkaufswagen gefriert in Sekundenbruchteilen zu Eis. Sollte ich mich hier tatsächlich mit Mächten angelegt haben, denen ich nicht gewachsen bin? Ist dies der Ort, an dem ich vor meinen Schöpfer trete und für alle meine Sünden büßen muss? Hier, im schäbigen Rewe-Markt in der Kassenschlange? Wie würdelos ist das denn?

Die Kassiererin hat sich das Ganze bisher regungslos und mit ausdruckslosen Augen angeschaut. Lediglich ihr Unterkiefer ist in ständiger Bewegung, um einen Kaugummi zu zermahlen. Dann rettet sie die Situation und mich vor dem Fegefeuer. „Sie können sich gern schnell eine neue Gurke holen." sagt sie zur grauen Frau. Nach ein paar Sekunden, die sich wie eine Ewigkeit anfühlen, löst diese ihren Blick von mir und bewegt sich Richtung Gemüseregal. Unverzüglich verflüssigt sich mein Orangensaft wieder. Puh, nochmal davongekommen! Ich greife in mein Portemonnaie und will die 47,56 Euro abzählen, die ich zu bezahlen habe. Dummerweise finde ich nur zwei Zwanziger und etwas Kleingeld, das reicht nicht. Also zahle ich mit Karte. Jetzt aber schnell raus hier, bevor Frau Beelzebub wieder zurückkehrt und mich doch noch in den Höllenschlund hinunterzieht.

Auf dem Parkplatz angekommen sehe ich meinen kleinen Sportwagen eingezwängt zwischen zwei schrankwandgroßen SUVs stehen. Wie klein er aussieht, genauso klein wie die Hausfrau, die rechts von meinem Wagen gerade den Kofferraum ihres Porsche Cayenne mit ihren Einkäufen belädt. Sage und schreibe vier Einkaufswagen stehen vor ihr. Wahrscheinlich wurde für das Wochenende die Apokalypse angekündigt und ich habe davon nichts mitbekommen. Sie hat gerade erst angefangen und schaut sich jedes Teil nochmal bedächtig an, bevor sie es sorgsam in den Kofferraum legt. Das kann also noch dauern. Ich öffne meinen Kofferraum, hebe den Einkaufwagen hinten an und kippe die ganze Ladung mit Schwung hinein. Jetzt ist es auch schon egal. Den Wagen drücke ich einem vorbeieilenden jungen Mann in die Hand, der Euro ist geschenkt. Dann versuche ich, mein Auto zu besteigen. Das ist gar nicht so einfach, da ich die Tür nur etwa zwanzig Zentimeter weit öffnen kann. Der riesige dunkelgrüne Land Rover steht dann doch etwas zu nah dran. Ich ziehe den Bauch ein und fädle zunächst mit dem rechten Bein und dem rechten Arm in mein Auto ein. Dann lasse ich den Körper langsam durchsacken und schaffe es irgendwie, auch die restlichen Körperteile in das Innere zu befördern. Ein tiefergelegtes Auto zu besteigen ist für über 50-jährige grundsätzlich schon ein schwieriges Unterfangen. Wenn man durch eine überdimensionierte Försterkarre zugeparkt wurde, ist es jedoch nur unter großen körperlichen Schmerzen und wüsten Flüchen und Beschimpfungen des anderen Autofahrers möglich. Als ich endlich im Wagen sitze und mir sämtliche

Muskeln gezerrt und den Rücken verrenkt habe, springt links laut grollend der Motor an und der Land Rover rollt rückwärts aus der Parklücke. Ich fluche nochmals lauthals über den Idioten, blicke in den Rückspiegel und kann gerade noch für eine Sekunde die graue Frau am Lenkrad des Land Rovers erkennen. Dann bilden sich Eiskristalle auf meiner Heckscheibe und Dunkelheit legt sich über die Szenerie.

Aus den einzelnen Komponenten des Einkaufes zaubert sich der Single-Hausmann gern ein selbst komponiertes Nudelgericht. Für ein vortreffliches Geschmackserlebnis ist beim Bratvorgang auf eine von allen Seiten gleichmäßige Bräunung zu achten.

Handyterror

Die modernen Mobiltelefone sind wirklich ein echtes Ärgernis. Als würde es nicht schon reichen, dass man als normaler Verkehrsteilnehmer ständig auf der Hut sein muss, dass einem ein in gebeugter Grundhaltung auf seinen völlig überteuerten fernöstlichen Billigschrott glotzender Smartphone-Zombie vor den Kühler läuft. Nein, mittlerweile wird man überall von freundlichen Zeitgenossen dazu genötigt, ihren überwiegend grauenvollen Musikgeschmack mit ihnen zu teilen.

Früher konnte man diese gelegentlich auftretende Art der Belästigung wenigstens schon aus weiter Entfernung ausmachen. Der etwa ein mal zwei Meter große Ghettoblaster, aus dem mit ca. 130 Dezibel die aktuellen Rap-Hits donnerten, balanciert auf der breiten Schulter eines zumeist afroamerikanischen Mitbürgers, war ein seltener, aber recht amüsanter Anblick. Heute hingegen wird man im Restaurant, in öffentlichen Verkehrsmitteln oder gar beim eigentlich erholsamen Ausflug per Rad immer wieder mit diversesten Musikrichtungen gefoltert. Die blöden kleinen technischen Wunderwerke stehen ihren gigantösen Vorgängern in Punkto Lautstärke in nichts nach. Und wenn das nicht reicht, führt man eben einen mobilen Bluetooth-Lautsprecher mit sich. So kommt man dann als Unbeteiligter beim Sonnenbad im überfüllten Naherholungsgebiet in den Genuss verschiedenster, sich möglichst miteinander vermischender

Musikstile. Von der Großfamilie links dröhnen die fetzigen Rhythmen von Tarkan oder Erkan oder Erdogan herüber, was weiß ich wie der heißt. Die Partytruppe vorne rechts feiert sich atemlos, aber mit viel Alkohol durch die Nacht und das verschmuste Pärchen hinter mir verschwindet unter Zuhilfenahme der „Musik" von Pur ins Abenteuerland, leider nur virtuell. Da kann man eigentlich nur mit gleichen Waffen dagegenhalten. Gestern wurde ich dazu genötigt, mir in hohem Mezzosopran gesungene Opernarien in markerschütternder Lautstärke anhören zu müssen. Also habe ich mein Smartphone und die Bose-Soundbox gezückt und mit der neuen Rammstein-CD aus vollen Rohren dagegen gefeuert. Seltsamerweise haben sich alle Anwesenden geschlossen gegen mich und meine Musikauswahl ausgesprochen, so dass ich mich nach wütenden Protesten zurückziehen musste. In der Deutschen Oper am Rhein habe ich jetzt übrigens Hausverbot. Da gehe ich aber auch nicht mehr hin!

Gerade für ältere Menschen empfiehlt sich anstatt eines Opernbesuches auch ein kühles Getränk in einer gemütlichen Kneipe. Mit steigendem Lebensalter kehrt sich allerdings der vermeintliche preisliche Vorteil von Toilettengang zu Bier in Summe gerechnet immer mehr ins Gegenteil um. Prostata!

Einen Kaffee, bitte!

Während eines ausgedehnten Einkaufsbummels durch unsere schöne Altstadt gelüstete es mich neulich nach einer Tasse Kaffee. Grundsätzlich kein Problem, gibt es doch überall in der Stadt diese amerikanische Kette namens Starbucks. Neben ihrem markanten Logo sind diese Läden mittlerweile gut zu erkennen durch die kreuz und quer vor der Tür abgestellten E-Scooter. Denn auch die moderne Jugend und die berufsjugendlichen Hipster aus der Werbebranche brauchen zwischendurch mal Kaffee, um danach mit neuer Energie auf den Scooter zu springen und die zweihundert Meter bis zum nächsten H&M oder ins Open-Space-Office zurückzulegen. Der nächste Starbucks liegt direkt vor mir, also gehe ich hinein.

Das ca. 16-jährige Nerd-Mädchen mit der übergroßen Hornbrille lächelt mich freundlich an: „Willkommen bei Starbucks! Was darf es sein?"
Ich blicke auf die etwa vierzig Quadratmeter große Menütafel über ihr. Aktuell im Angebot sind die „Autumn Favourites", wie der „Mocha Praline Machiato" oder der „Pumpkin Spice Latte". Dazu die üblichen Variationen wie Cappuccino, Espresso, Caffè Latte und so weiter, in gefühlt tausenden Abwandlungen. Das ist mir alles viel zu kompliziert.
„Ich hätte gerne einen Kaffee!" sage ich. Die Bedienung sieht mich an als hätte ich ihr soeben einen

Heiratsantrag gemacht und gleichzeitig versucht, ihr die Relativitätstheorie zu erklären.

„Ja, natürlich. Welcher soll es denn sein?"

„Naja, geröstet, aus Bohnen, schwarz, Kaffee eben!" sage ich.

Sie lächelt weiterhin und bleibt geduldig. Vermutlich, weil sie ihrem dementen Opa zuhause auch schon hundertmal dasselbe zu erklären versucht hat, wie mir jetzt gerade.

„Welche Variation soll es denn sein?" fragt sie und deutet auf die riesige Anzeigetafel über ihrem Kopf. „Latte, Cappuccino, Espresso, Flat White, Machiato?"

Jetzt gucke ich wie sie gerade eben.

„Ich hätte sehr gerne eine normale Tasse Kaffee, bitte!" wiederhole ich meine Bestellung.

„Also Caffè Americano." sagt sie und will schon etwas in die Kasse eintippen.

„Nein, nix Americano! Einfach einen Kaffee! Wie früher bei Mutti. Gebrüht aus braunem Pulver, mit heißem Wasser durch den Filter gegossen!"

Die Bedienung verdreht die Augen. „Also einen Filterkaffee!" sagt sie. „Hättest Du blöder alter Sack ja auch gleich sagen können!"

Nein, das sagt sie nicht, aber ihr Blick spricht genau das aus. Eine Mischung aus Verachtung und Mitleid. Und auch die Angst vor dem Altwerden spielt wohl mit hinein. Hurra, es ist geschafft, denke ich, gleich bekomme ich meinen guten, altmodischen Kaffee. Weit gefehlt, es ist noch nicht vorbei.

„Welche Röstung?" fragt sie.

Ich verstehe die Frage nicht. Ich höre die Worte, aber mein Gehirn kann mit dieser Kombination aus nur zwei kurzen Worten in dieser Situation einfach nichts anfangen. Da ich offenbar dreinschaue, wie ein Nobelpreisträger, der sich zwangsweise eine Folge von „Berlin - Tag & Nacht" oder „Das Sommerhaus der Stars" ansehen muss, präzisiert sie ihre Frage:

„Blonde, Medium oder Dark Roast?"
Ich gebe die einzige Antwort, die auf diese Frage angemessen erscheint und sage: „Hä?"
Sie deutet wieder auf die Menütafel. Wie sich herausstellt, habe ich die Wahl zwischen vierzehn verschiedenen „Roasts": Veranda Blend, Guatemala Antigua, Pike Place Roast, Anniversary Blend, Guatemala Casi Cielo, Sumatra, Kati Kati Blend und noch viele weitere lustige Namen stehen auf der Tafel. Die Buchstaben verschwimmen vor meinen Augen. Ich will doch nur einen Kaffee! Aber jetzt ist nicht der Zeitpunkt aufzugeben. Jetzt ist ein Strategiewechsel angesagt!

„Wissen Sie was? Ich habe es mir anders überlegt. Ich hätte gern das ausgefallenste Getränk, das Sie auf der Karte haben!"
In der Schlange, die sich mittlerweile hinter mir gebildet hat, ist verzweifeltes Aufstöhnen zu hören. Wundert mich ohnehin, dass die mich nicht schon geteert und gefedert auf die Straße geworfen haben. Egal, da hängen wir gemeinsam drin, da müssen wir jetzt alle durch.

Das Mädchen hinter dem Tresen sieht traurig aus. Wahrscheinlich erinnere ich sie jetzt wirklich an ihren Opa. Achselzuckend checkt sie kurz ihre Preistafel.

„Wie wär's denn mit einem Java Chip Chocolate Cream Frappuccino® blended beverage?" fragt sie. Ich lasse mir nichts anmerken und antworte: „Sehr gerne. Gibt es dazu irgendwelche Extras?"

„Sie können Sahne darauf haben und verschiedenen Sirup, Chocolate, Vanilla, Caramel oder Nuss."

„Ja klar, immer rein damit, alles bitte. Und nicht knausern!" Jetzt will ich es wissen. Die ganze Welt der mir bisher unbekannten Kaffeespezialitäten in einem einzigen Becher vereint. Warum soll ich mit fast 53 Jahren noch anfangen, mich gesund zu ernähren. Jetzt lohnt es sich auch nicht mehr.

Die Bedienung greift sich einen großen Pappbecher und einen dicken Filzstift. „Ich brauche dann mal Deinen Namen." sagt sie und schaut mich erwartungsvoll an. Nun bin ich ja eigentlich grundsätzlich der Jugend gegenüber aufgeschlossen. Trotzdem stört es mich, wenn mich 16-jährige ungefragt duzen. Nennt mich altmodisch, aber so ist es nun mal. Zwei- oder Dreijährige wissen es noch nicht besser, aber mit Sechzehn kann man durchaus schon einen gewissen Respekt vor Älteren erwarten. Aber vermutlich habe ich mir diesen Respekt hier mittlerweile auch verspielt, das will ich nicht ausschließen. Ok, verstehen könnte ich es. Also ignoriere ich das jetzt einfach mal. Aber das mit dem Namen hat mich schon immer gestört.

„Nein!" sage ich.

Sie schaut mich fragend an. „Wie schreibt man das?"

Oh Mann, darauf muß man erstmal kommen!

„Nein!" wiederhole ich nochmal „Ich kann Dir meinen Namen leider nicht nennen."

Sie guckt verwirrt. „Warum nicht?"

„Datenschutzgrundverordnung." sage ich.

„Alter, jetzt reichts aber bald mal!" Endlich, einer in der Warteschlange ist aufgewacht. Vermutlich ist seine Mittagspause bald zu Ende. Ich drehe mich um und blicke auf den Brustkorb eines etwa zwei Meter fünfzig großen, und genauso breiten Hünen. Er sieht nicht gerade erfreut aus. Ich entscheide mich daher, eine weitere Konfrontation zu vermeiden und drehe mich wieder um zur Bedienung.

„Also?" fragt sie.

„Freiherr Graf Karl-Friedrich von Stauffen-Hohenzollern, Fürst zu Hohenlohe und Sachsen." sage ich. „Aber ich bin inkognito hier."

Kopfschüttelnd schreibt sie „Karl-Friedrich" auf den Becher und gibt ihn an ihren Kollegen weiter, der sich sogleich daran macht, mir aus diversen Flaschen und Zapfhähnen mein Getränk zuzubereiten. Dann tippt sie einige Zahlen in die Kasse. „Das macht dann 9,80 Euro!"

„Das ist ja... nicht teuer." sage ich und lege einen 10-Euro-Schein auf den Tresen. „Stimmt so!" Bei gutem Service bin ich nicht knauserig. Böse schaut sie mich an und ich vermute, dass ihr Kollege mir in genau diesem Moment in den Becher spuckt.

Nach kurzer Wartezeit erhalte ich mein Getränk. Ein Riesen-Becher mit einem etwa einen halben Meter hohen Sahneberg obenauf, getoppt von diversen bunten dickflüssigen Saucen. Ein prachtvoller Anblick! Ich suche mir einen freien Platz. Beim Anblick der anderen Gäste fällt mir auf, dass ich gar keinen Laptop dabeihabe. Aber offenbar darf man hier auch ohne am Tisch sitzen. Dann nehme ich den ersten Schluck meines Getränks. Das heißt, ich versuche es, aber das Zeug ist so dickflüssig, dass ich es nicht durch den Strohhalm saugen kann. Also raus damit und auf herkömmliche Weise probieren. Hmm. Ok. Ich merke, wie mir der Zucker augenblicklich in die Blutbahn schießt und kann körperlich spüren, wie mein Insulinspiegel rapide ansteigt. Wenn ich bisher noch keine Diabetes hatte, dieses Getränk gibt mir den Rest. Aber weil ich von feixenden Angestellten und Gästen beobachtet werde, gebe ich mir keine Blöße und leere den Becher komplett. Den Rest ganz unten muss ich löffeln, der Sirup hat sich ein wenig abgesetzt. Aber dann ist es geschafft.

Triumphierend erhebe ich mich und verlasse in Siegerpose den Laden. Draußen stürze ich über einen E-Scooter, aber ich lasse mir nichts anmerken. Im Zuckerschock taumele ich durch die Gassen der Altstadt. Jetzt kann mir nur noch ein richtig starker, pechschwarzer Kaffee helfen. Und wie durch eine göttliche Fügung lande ich auf meinem Irrweg direkt vor einem kleinen Café. Davor stehen kleine runde Holztischchen mit geblümten Rüschendecken. Auf diesen stehen Zuckerstreuer und kleine Milchdosen

in schöner Eintracht nebeneinander. Ja! Hier bin ich richtig, hier kann ich endlich einen richtigen Kaffee trinken! Schwer atmend lasse ich mich auf einen der entzückenden Stühle fallen. Dann erscheint die Bedienung. Eine ältere Dame. Sie trägt eine weiße Rüschenbluse und einen schwarzen Rock, darüber eine weiße Schürze. In der Hand hält sie Block und Bleistift, um meine Bestellung aufzunehmen. Wie früher, Ja, genau so muss das sein! Sie fragt mich nach meinem Wunsch und ich sage voller Vorfreude:
„Eine Tasse Kaffee, bitte!"
Sie sieht mich an und schüttelt den Kopf.

„Draußen nur Kännchen!"

Dieses auf Sylt an der Wattseite des Lister Ellen-
bogens entdeckte Hinweisschild erwies sich leider
als äußerst irreführend. Der Service war miserabel.

Hindernismenschen 2.0

Die modernen Errungenschaften des 21. Jahrhunderts haben dazu geführt, dass man mittlerweile auf gefühlt 200 verschiedene Arten und Weisen miteinander kommunizieren kann. Smartphones sind aus unserem Alltag nicht mehr wegzudenken, und genau dies führt auch zu einem Fortschreiten der Evolution des Hindernismenschen. Was es mit diesem auf sich hat, habe ich ja bereits in einem früheren Beitrag ausgeführt, hier nun seine Weiterentwicklung zur Version 2.0:

Zunächst einmal kommt der Hindernismensch 2.0 in allen Bevölkerungs- und Bildungsschichten vor. Seien es Anzugträger wie Banker oder Anwälte, Arbeiter, Hausfrauen oder auch Schüler. Gerade unter diesen, insbesondere den weiblichen, gibt es übrigens sehr viele H2.0er. Wie auch der Hindernismensch der 1. Generation zwingt er den Rest der Menschheit durch unvermittelte Verlangsamung der Schrittgeschwindigkeit bis hin zum kompletten Stillstand zu abrupten Brems- und Ausweichmanövern. Vom meist aufrecht stehenden Hindernismenschen der 1. Generation (Homo hindernensis erectus) unterscheidet sich die neue Art bereits auf den ersten Blick durch ihre extreme Rückgratverkrümmung (Homo hindernensis quasimodo). Diese wird verursacht durch den starren Blick auf das in einer Hand befindliche Smartphone. Da die Konzentration auf selbiges keinerlei Wahrnehmung der sonstigen Umgebung zulässt, sind

Zusammenstöße mit anderen Hindernismenschen, unmotiviert in der Gegend herumstehenden Laternenpfählen oder scheiße geparkten E-Scootern die logische Folge.

Zwar würde man vermuten, dass der Hindernismensch 2.0 lediglich per pedes anzutreffen wäre, aber weit gefehlt. Denn auch auf Fahrrädern oder in Kraftfahrzeugen aller Art wurden bereits diverse Exemplare gesichtet. Nun ist zum Beispiel ein in voller Fahrt befindlicher, auf sein Smartphone starrender Radfahrer zwar per se noch kein Hindernis, solange er sich in Bewegung befindet. Dies ändert sich allerdings abrupt, sobald seine Fahrt durch einen anderen, möglicherweise höher motorisierten Verkehrsteilnehmer gestoppt wird. Üblicherweise ist dann in solchen Fällen eine erhebliche Behinderung des nachfolgenden Verkehrsflusses zu erwarten. Daher sollten durch Hindernismenschen verursachte Zeitverluste heutzutage immer mit eingeplant werden.

Neben der oben beschriebenen Spezies, tritt vermehrt auch eine Unterart des H2.0 auf. Diese führt zwar weniger häufig zu Behinderungen, stellt aber ein optisches und akustisches Ärgernis dar und hinterlässt, zumindest bei mir, Fragen nach dem „Warum?" So sieht man vermehrt Personen, meist jüngeren Semesters, die ihr Smartphone waagerecht, wie ein frisch belegtes Stück Knäckebrot vor ihr Gesicht halten und in das untere Ende hineinsprechen. Da bei dieser Handhaltung nahezu ausgeschlossen ist, dass sich die Ohren dann auch nur ansatzweise in der

Nähe des vom Handyhersteller für die Aufnahme akustischer Signale vorgesehenen Lautsprechers befinden, wird mit eingeschalteter Freisprecheinrichtung telefoniert. Also wird man ungefragt Ohrenzeuge von mehr oder weniger sinnbefreiten Gesprächen. Besonders erfreulich sind dann Gesprächsinhalte wie „Alter!", „Isch schwör!" oder „Weiss wassch mein?" Ich selbst habe auch einmal probiert, auf diese Weise zu telefonieren. Das Ergebnis war ein Gebissabdruck im unteren Teil meines iPhones und eine herausgefallene Zahnfüllung. Merke: Niemals hungrig auf diese Weise telefonieren. Ich korrigiere: Niemals überhaupt auf diese Weise telefonieren. Macht keinen Sinn und sieht einfach scheiße aus.

Insgesamt gesehen kann man festhalten, dass die Population der Hindernismenschen durch die fortschreitende Digitalisierung auch für nachfolgende Generationen gesichert sein dürfte.

Nach dem Pfingststurm „Ela" von 2014 waren im
Düsseldorfer Stadtgebiet auch zahlreiche Hindernis-
bäume anzutreffen. Beim Versuch dieses Baumes,
den laut Hinweisschild vorgeschriebenen Purzelbaum
korrekt auszuführen, kam es in Verlaufe des Schluß-
teils leider zu Abzügen in der B-Note.

Pokémon Go Home!

Zur Thematik des Hindernismenschen passt auch dieser Text, der noch in einer der unteren Schubladen meines Laptops schlummerte. Machen wir also einfach mal einen kleinen Zeitsprung nach hinten und stellen uns vor, es sei 2016.

Wenn man dieser Tage durch die Straßen geht, fallen einem mehr und mehr Menschen auf, die in einer tief gebeugten Haltung, mit stumpfem Blick auf ihr Smartphone starrend, zombiehaft und scheinbar ziellos durch die Gegend schlurfen. Nun geht von diesen Gestalten allerdings keine unmittelbare Gefahr aus, wie man sie beispielsweise von vergleichbaren Exemplaren in Serien wie „The Walking Dead" zu erwarten hat. Nein, das bevorzugte Ziel dieser Menschen ist nicht das Verspeisen frischer Gehirne ihrer Artgenossen, sondern das Sammeln von virtuellen Wesen, den Pokémons.

Für Leute wie mich, die bereits die Fünfzig überschritten haben, und die Ihr Handy lediglich zum SMS oder WhatsApp schreiben, zum Surfen und in besonderen Ausnahmefällen auch mal zum Telefonieren benutzen, ist dieser neue Trend nur schwerlich zu begreifen. Ich habe allerdings mal versucht, mir es von unserem 18-jährigen Azubi erklären zu lassen.

Grundsätzlich geht es darum, in einer virtuellen Welt durch die Gegend zu laufen und dabei möglichst viele verschiedene Monster zu sammeln. Das beliebteste Exemplar trägt den Namen Pikachu und sieht aus wie eine Mischung aus quietschgelbem Goldhamster und dem Haarteil von Donald Trump. Darüber hinaus gibt es noch Dutzende andere bunte Viecher, alle mit lustigen Namen und mit verschiedenen Fähigkeiten. Der Clou an der Sache ist, dass das Spiel mittels GPS-Funktion auf tatsächlich vorhandene Straßenpläne zugreift. Um seine Monsterchen einzusammeln, muss der Spieler also höchstselbst seine Wohnung verlassen und auf reale Straßen gehen. Dort werden ihm dann an verschiedenen Orten die begehrten Tierchen virtuell angezeigt und er kann sie mit geschickten Wischbewegungen auf seinem Display in seine Gewalt bringen.

Nun sollte man der Firma Nintendo ja eigentlich grundsätzlich dankbar sein, denn erstmalig werden die pickelgesichtigen Nerds für ein Videospiel ins Freie gelockt. Noch nie zuvor habe ich so viele blasse, übergewichtige Teenager mit Baseballmützen auf den Straßen gesehen. Vielen geplagten Müttern bietet sich dadurch zum ersten Mal seit Jahren die Möglichkeit, die miefigen Zimmer ihrer Sprösslinge mit Licht und Frischluft zu fluten und die zahllosen Pizzakartons und Coladosen zu entsorgen, die sich im Laufe der Jahre während der endlosen Halo-, Call-of-Duty- und World-of-Warcraft-Sessions angesammelt haben. Oder was die Kids halt sonst noch so spielen, was weiß denn ich?

Allerdings birgt das Freilassen der Pokémon-Jünger ein großes Risiko. Viele von ihnen befinden sich dann zum ersten Mal in ihrem Leben auf realen Straßen, mit realen anderen Menschen und realem Straßenverkehr. Das Heraufbeschwören von gefährlichen Situationen ist daher unvermeidlich. Woher soll denn auch so ein Nerd wissen, dass in der Realität der Zusammenstoß mit einem Kraftfahrzeug unter Umständen lebensbedrohlich sein kann? Bei Grand Theft Auto passiert ja auch nichts; notfalls drückt man einfach den Reset-Knopf und besorgt sich mal eben ein neues Leben. Die Einhaltung von Verkehrsregeln und die Bedeutung der bunten Lichter an Verkehrsampeln ist jedenfalls für die armen „Smombies" (Jugendwort des Jahres 2015) völliges Neuland. Was allerdings auch völlig egal ist, da sie selbst bei entsprechender Kenntnis der Regeln selbige nicht beachten würden. Denn wie soll man sich auch auf den Straßenverkehr konzentrieren, wenn mitten auf der vierspurigen Fahrbahn ein noch fehlendes Monster sitzt und nur darauf wartet, eingefangen zu werden? Dagegen ist doch der heranbrausende Monster-SUV völlig irrelevant. Erst neulich ist mir eine junge Mutter beinahe vors Auto gelaufen. Mit der rechten Hand schiebt sie den Kinderwagen vor sich her, in der linken hält sie das Handy, den Blick fokussiert auf die fünf mal neun Zentimeter große virtuelle Realität. Da kann einem eine rote Ampel ja schon mal durchrutschen. Auf meine Vollbremsung und mein freundliches Hupsignal hin schaut sie auf, bringt zunächst das Handy in Sicherheit und zieht danach den Kinderwagen zu sich heran. Man beachte die Reihenfolge. Selbstverständlich werde ich danach auch noch beschimpft. Völlig zu Recht übrigens, wie kann ich mir auch einbilden, eine grüne Ampel würde mir irgendwelche Vorrechte im Straßenverkehr einräumen. Aber vielleicht sind wir mit Pokémon Go ja dichter an Darwins Prinzip des "Survival of the fittest" als wir es jemals waren. (Ja, Herr Theyßen, falls Sie dies lesen: Es ist tatsächlich etwas vom Bio-Leistungskurs hängen geblieben!)

Neben dem Sammeln der Monster ist ein weiterer Aspekt beim Pokémon spielen, dass man die Monster in virtuellen Arenen gegeneinander kämpfen lassen kann. Dazu muss man die Biester selbstverständlich trainieren und aufmotzen, was man durch Zukäufe von besonderen Fähigkeiten und Extras erreichen kann. Oder durch Sammeln von Extras an sogenannten Poké-Stops. Diese befinden sich meist an irgendwelchen (realen!) Sehenswürdigkeiten. So kommt es vor, dass sich Horden von Jugendlichen an öffentlichen Plätzen oder an berühmten Bauwerken versammeln, die sie sonst bestenfalls zwangsweise bei einem Klassenausflug zu Gesicht bekommen hätten. Die architektonischen Wunderwerke werden dann allerdings nicht bestaunt, sondern es werden lediglich die virtuellen Goodies eingesammelt und schon kann wieder irgendein quietschgrüner Gnorf in die Schlacht gegen einen ultravioletten Knarx ziehen. Vielleicht sollte ich Nintendo mal einen Brief schreiben, mit der Bitte, einen solchen Poké-Stop in meiner Wohnung einzurichten, dann bekomme ich endlich mal wieder Besuch. Obwohl: Der Anteil an weiblichen

Spielern beträgt wahrscheinlich nur 0,5%, das ist es dann auch nicht wert.

Aber irgendwie muss man versuchen, aus der Sache Kapital zu schlagen. So wie damals nach dem Mauerfall, als man den gerade aus dem antifaschistischen Schutzwall befreiten Ossis ihr Begrüßungsgeld direkt wieder abluchsen konnte, indem man ihnen eine zwanzig Jahre alte Rostlaube völlig überteuert als westliches Luxusgefährt untergejubelt hat. Naja, wenn man fast 30 Jahre lang Zweitaktbenzin eingeatmet hat, hält man eben auch einen ollen Opel Kadett für das Non-Plus-Ultra der Automobilität. Vielleicht kann man ja auch Kurse für die Nerds abhalten, in denen man ihnen das artgerechte Verhalten in der Öffentlichkeit beibringt. Auf jeden Fall muss man schnell sein, denn eines ist gewiss: Auch dieser Trend wird wieder verschwinden, bis dann der nächste virtuelle Virus unsere arme Jugend befällt.

- Tiere

Neben Pokémons sind im Stadion von Borussia Mönchengladbach auch keinerlei Hunde, gleich welcher Rasse, erlaubt.

Online-Tickets

Ach, was war das schön, früher beim Kauf von Tickets für die favorisierte Musikgruppe. Man stellte sich bei Wind und Wetter in die kilometerlange Schlange vor den Vorverkaufsstellen. Das Gemeinschaftserlebnis bei, je nach Jahreszeit, Temperaturen von weit unter dem Gefrier- oder nah am Siedepunkt schweißte einfach zusammen und es entstanden Freundschaften fürs Leben.

Heute ist dies (leider?) nicht mehr so. Tickets für Veranstaltungen aller Art werden online verkauft. Dabei sitzt man dann zwar gemütlich im Warmen auf dem Sofa, aber man ist allein und hat trotz rechtzeitiger Einwahl ins moderne Internetz keinerlei Garantie, dass man die begehrten Eintrittskarten auch bekommt. Egal, wie gut die DSL- oder Glasfaserverbindung auch sein mag, die Meldung „Server down" dürfte wohl jeder schon einmal gesehen haben, der versucht hat, sich online Tickets für unbekanntere Nachwuchs-Musikkapellen wie die Rolling Stones, die Toten Hosen oder Rammstein zu besorgen. Als ich neulich wieder einmal mehrere Stunden meines Lebens auf der Eventim-Seite mit dem Drücken von „Strg F5" verbrachte, um mir ein Rammstein-Ticket zu sichern, fielen mir ein paar Dinge ein, die ich in dieser Zeit stattdessen hätte tun können. Hier nun also meine persönlichen Top Ten:

10.
Einen kompletten Wohnungsputz durchführen, inklusive Tapezieren und Verlegung von neuem Parkett.

9.
Einen 400-seitigen Bestseller schreiben und den dafür fälligen Nobelpreis in Stockholm entgegennehmen.

8.
Eine Umschulung zum Nukleartechniker absolvieren und Tschernobyl wieder aufbauen.

7.
Eine Expedition zum Südpol durchführen. Und weil man gerade dabei ist, auch gleich noch eine zum Nordpol.

6.
Lernen, die Frauen zu verstehen.

5.
Einen Flug zum Mars unternehmen, dort eine Kolonie aufbauen und die Ureinwohner missionieren.

4.
Donald Trump zu einem vernünftigen, logisch denkenden und ehrlichen Menschen machen.

3.
Den Sinn des Lebens herausfinden.

2.
Das Telefonbuch von New York auswendig lernen und die Bibel ins Plattdeutsche übersetzen.

1.
Mit dem Teufel Schlittschuh laufen, da bis dahin mit Sicherheit die Hölle zugefroren ist.

All diese schönen Dinge habe ich natürlich nicht getan. Denn natürlich muss man dranbleiben und ständig die Seite aktualisieren. Denn wenn man das winzige Zeitfenster verpasst, in dem die Webseite wieder reagiert, dann kann schon alles zu spät sein.

Als glückliches Fazit sei hier anzumerken, dass ich schließlich, nach etwa dreistündiger Wartezeit, ein Ticket ergattert habe. Allerdings sichtbehindert. Finde ich ganz schön diskriminierend, nur weil ich Brillenträger bin.

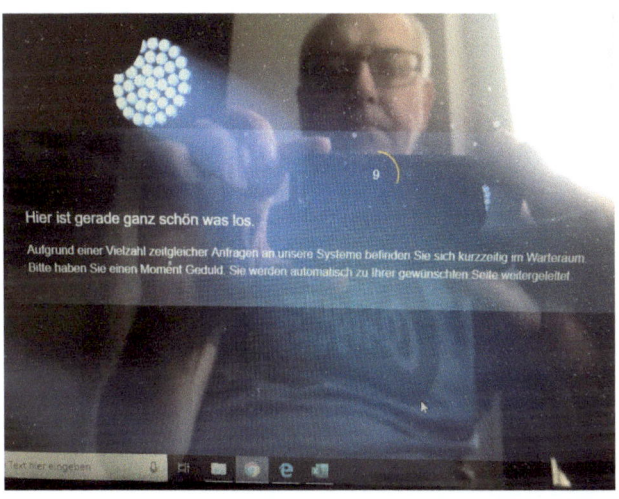

Fotodokument über drei Stunden meines Lebens, die ich niemals wiederbekomme. Na gut, Ende Juni 2020 gibt's dann dafür was auf die Ohren.

Faster, harder, Scooter!

Die immer zahlreicheren Möglichkeiten, sich heutzutage im Großstadtdschungel fortzubewegen, haben unser aller Mobilitätsverhalten stark verändert. Ich selbst zum Beispiel brauche für den täglichen, eigentlich fünfminütigen Spaziergang zum Bäcker nun etwa doppelt so lange, weil ich den zahllosen, in allen erdenklichen Konstellationen auf dem Gehweg abgestellten Tretrollern ausweichen muss. Oder genauer gesagt, wie sie auf Neudeutsch heißen, den E-Scootern. Scooter kannte ich als Kind der 80er bisher nur als Assistent von Kermit in der Muppet-Show. Oder als Fahrattraktion auf dem örtlichen Schützenfest, wofür immer ein junger Mann zum Mitreisen gesucht wurde. Meinetwegen auch noch als furchtbare, viel zu laute Techno-Band. Nun also auch als übergroßes Elektrospielzeug, das allen Ernstes auf öffentlichen Straßen eingesetzt werden darf.

Auf meinem morgendlichen Weg zum Brötchen holen habe auf einer recht kurzen Strecke sage und schreibe 38 E-Scooter gezählt! Gut, ein wesentlicher Grund dafür dürfte sein, dass es erst neun Uhr morgens ist und die Hauptklientel für die motorisierten Kleinstfahrzeuge zu dieser unchristlichen Stunde noch im Kiffer-Koma liegt. Aber trotzdem: 38 Scooter auf einer Strecke von nicht einmal einem Kilometer? Dazu gesellen sich dann noch 14 Leihfahrräder und zwei E-Roller. Also Mobilität für alle Bewohner der Kaiserswerther Straße gleichzeitig. Nun stellt sich allerdings die Frage: Warum? Laut unserem Noch-Verkehrsminister, dem Scheuer-Andi, sollen die Dinger ja hauptsächlich der schnelleren Überbrückung der „letzten Meile" dienen, also von der Haustür zu Bus oder U-Bahn. Ich sehe, zumindest bei uns in Düsseldorf, allerdings hauptsächlich zumeist jugendliche Fahrer*innen, die, oft auch mal zu zweit, auf den E-Scootern ausschließlich aus Spaßgründen über die Straßen huschen. Und nicht, weil sie den Bus noch erwischen wollen. Außerdem glaube ich, dass der Scheuer-Andi die E-Scooter nur deshalb möglichst schnell als Prestige-Projekt auf die Straße gebracht hat, um von seiner fabelhaft funktionierenden Pkw-Maut abzulenken. Ist ihm gelungen. In dem auf Facebook und YouTube verbreiteten Promo-Video hat er sich jedenfalls sehr publicity-wirksam mit dem E-Scooter auf die Fresse gelegt. Zum Glück mit Helm. Was haben wir gelacht und die blöde Maut war schnell vergessen. In unserem Land mussten schon Minister aus viel geringeren Gründen zurücktreten, zum Beispiel weil man in einer Doktorarbeit nicht alle Quellen angegeben hat. Wir haben in der Schule doch alle abgeschrieben, aber das ist natürlich für einen Minister ein untragbares moralisches Verhalten. Dagegen ist doch die Tatsache, ein Hunderte-Millionen-Euro-Projekt vor die Wand zu fahren nur Kinkerlitzchen. Sind ja nur die Steuern der dummen Wähler, das kann im Eifer des Gefechts ja mal passieren. Und dann gibt's natürlich noch andere Politiker im befreundeten(?) Ausland, die sich einen Dreck um die Wahrheit, Moral, Anstand und Gesetze scheren und immer noch Präsident sind. Aber ich schweife ab.

Für wen sind denn nun die E-Scooter gedacht? Zum einen, wie schon gesagt, als Spaßmobile für die Jugend. Eine andere große Gruppe sind die Berufsjugendlichen. Diese arbeiten größtenteils in hippen Werbeagenturen oder trendigen Unternehmensberatungen. Man erkennt sie an den ultracoolen Klamotten und den Umhängetaschen. Und an den bescheuerten Hipster-Rauschebärten. Überhaupt, was ist das eigentlich für ein Trend mit der aktuellen Haar- und Bartmode? Im Gesicht lässt man es wild wuchern und in der Hose muss alles komplett rasiert sein. Also obenrum ZZ Top und unten Justin Bieber, das verstehe wer will. Ich schweife schon wieder ab.

Grundsätzlich sind die Regeln für die Benutzung eines E-Scooters eigentlich ganz einfach: Nur eine Person pro Scooter, nicht betrunken fahren, Radwege benutzen und nur, wenn diese nicht vorhanden sind, darf auf der Straße gefahren werden. Keinesfalls aber auf dem Bürgersteig, oder, wie ich alter Mann vom Dorf ihn immer noch nenne, dem Fußweg. Wie gesagt, eigentlich ganz einfach. Aber Regeln sind ja dazu da, um gebrochen zu werden. Wenn für Radfahrer schon keine Straßenverkehrsregeln gelten, dann doch für E-Scooter erst recht nicht. Welch ein Spaß ist es doch, sich in Fußgängerzonen zwischen den panisch wegspringenden Passanten hindurchzuschlängeln oder im Stau zur Feierabendzeit zwischen den LKWs und SUVs hin- und herzuspringen. Und weil man dabei so leise ist, bemerkt es der von Zeitdruck und Stau gestresste Kurierfahrer auch nicht, wenn ihm einer der neu hinzugekommenen Verkehrsteilnehmer unter die Zwillingsreifen rutscht.

Neben seiner völligen Ungeeignetheit für den normalen Straßenverkehr ist der E-Scooter außerdem für den Transport größerer Lasten ebenfalls absolut untauglich. Es empfiehlt sich jedenfalls nicht, die vollgepackten Einkaufstüten an den Lenker zu hängen und dann möglicherweise auch zwecks Anzeige der beabsichtigten Fahrtrichtungsänderung eine Hand vom Lenker zu nehmen. Ich habe es jedenfalls mal an einem Sonntagnachmittag auf dem abgesperrten Aldi-Parkplatz ausprobiert und konnte nur mit Mühe einen Andi-Scheuer-Stunt vermeiden. Allerdings lassen sich einige Unerschrockene auch davon nicht abhalten. So konnte ich einmal aus meinem Fenster heraus einen E-Scooter-Schwertransport beobachten. Der Fahrer hatte auf dem relativ schmalen Trittbrett eine Kiste Veltins Pilsener sowie einen 40-Zoll-Flachbildfernseher (noch originalverpackt) drapiert und es irgendwie geschafft, auch selbst noch Platz auf dem Scooter zu finden. Etwas schwankend fuhr er an mir vorbei und hat dann auch tatsächlich problemlos die nächste Rechtskurve genommen, allerdings ohne die Hände vom Lenker zu nehmen. Ob das wenige Sekunden später zu hörende, laut scheppernde und klirrende Geräusch von ihm kam, das konnte ich leider nicht erkennen, auch wenn ich mich auf meiner Fensterbank so weit vorgebeugt habe, wie ich nur konnte. Dabei ist mir dann auch noch das Kissen auf die Straße runtergefallen. So was Blödes!

Aktuell sind zugegebenermaßen die Unfallzahlen mit E-Scootern noch relativ gering. Aber diese werden mit Sicherheit noch zunehmen, sobald der E-Scooter seinen Welpenschutz im Straßenverkehr verloren hat und der Porsche Cayenne wieder zeigen will, wer der König der Straße ist. Und wenn dann jetzt der Herbst beginnt, mit den Regenschauern und dem farbenfrohen rutschigen Herbstlaub, dann werden Lime, Tier, Circ und Co. gar nicht schnell genug hinterherkommen, immer genügend unversehrte Scooter bereitzustellen.

Noch eine kurze Anmerkung zum Thema Umweltschutz und Entlastung des Straßenverkehrs: Die E-Scooter werden hauptsächlich von Menschen benutzt, die ansonsten bisher das Fahrrad, Bus und Bahn oder, denn auch das geht, ihre eigenen Beine benutzt haben. Alles Verkehrsmittel, die ohnehin schon da waren und allesamt umweltfreundlicher sind, als die mit Lithium-Akkus bestückten E-Scooter. Diese Akkus müssen übrigens alle paar Wochen ausgetauscht und entsorgt werden. Und nachts werden die Scooter mit Kleintransportern, davon die meisten mit Dieselantrieb, eingesammelt, aufgeladen und wieder mit denselben Kleintransportern (mit Dieselantrieb) wieder an ihre Standorte in der ganzen Stadt verteilt. Und niemand, der wirklich mit seinem Auto fahren will, wird wegen der E-Scooter darauf verzichten, sondern diese maximal als Spaßgefährt am Wochenende verwenden, selbstverständlich zusätzlich zum Auto.

Aber nun Schluss damit; ich will jetzt auch nicht zu sehr gegen die Dinger wettern. Wer E-Scooter fahren will, der soll es eben tun. Leben und leben lassen. Denn einen positiven Aspekt gibt es bei all dem Übel auf jeden Fall: Wer mit dem E-Scooter unterwegs ist, fährt wenigstens kein Liegefahrrad!

Erfreulicherweise hat sich die E-Mobilität noch nicht
bei allen Einwohnern der Nürnberger Innenstadt
durchgesetzt. Da dieses dort abgestellte Fahrrad alter
Prägung allerdings oftmals von großen Scharen japa-
nischer Fototouristen belagert wurde, entschied sich
der Besitzer zu einer eindeutigen Kennzeichnung.

Abenteuer Buchmesse

Als freier Schriftsteller und angehender Bestseller-autor sollte man zumindest einmal eine Buchmesse besucht haben. Und da dieses aktuell vorliegende Werk bereits meine zweite Veröffentlichung ist, dachte ich mir, dass es dafür an der Zeit wäre. Also auf nach Leipzig! Bis auf den von einer süßlichen Gummibärchenplörre gesponserten Fussballclub kenne ich dort noch nichts und mache mich dement-sprechend vorurteilsfrei auf die Reise.

Erfreulicherweise hat sich infrastrukturell, zumindest in den Großstädten, seit 1989 im Osten der Republik einiges getan, so dass die Anreise auch mit tiefer-gelegtem Kfz ohne Probleme erfolgen kann. Nach-dem ich das Ruhrgebiet mit dem längsten Parkplatz Deutschlands, der A40, hinter mir gelassen habe, geht die Fahrt doch recht flott voran und nach nur fünfeinhalb Stunden habe ich Leipzig erreicht. Die riesigen Löcher in der komplett aufgerissenen Straße vor meiner über Airbnb organisierten Unterkunft sind glücklicherweise keine Überbleibsel aus dem zweiten Weltkrieg, sondern der Verlegung neuer Glasfaser-kabel geschuldet. 5G ist also auch im Osten ange-kommen.

Mit öffentlichen Verkehrsmitteln geht es dann weiter zum Messegelände. Auffällig viele junge Leute sitzen mit mir in der Straßenbahn. Ich dachte, dass Bücher eher ein aussterbendes Medium sind und junge Leute sich alles nur noch aus irgendeiner Cloud saugen. Allerdings erfahre ich, dass parallel zur Buchmesse auch eine Comicmesse läuft. Das würde auch die vielen merkwürdigen Outfits erklären. Obwohl ich modetechnisch nicht immer auf dem allerneuesten Stand bin, weiß ich doch, dass kleine dicke Manga-Mädchen in Schuluniformen wohl sonst eher nicht zum Leipziger Straßenbild gehören. Ebenso wenig wie mir völlig unbekannte, quietschbunte japanische Superhelden, Roboter, Kriegerprinzessinnen oder undefinierbare Fabelwesen. Hier kann sich der blasse, pickelgesichtige Nerd endlich mal als Held fühlen und die minderjährigen Mädels in viel zu knappen Klamotten sind ein wahres Fest für Päderasten. Naja, Hauptsache alle haben ihren Spaß. (Die Nerds und Mädels, nicht die Päderasten!)

Am Messegelände angekommen ist es noch ein kleiner Fußmarsch bis zu den Hallen. Bei 38 Grad Außentemperatur ohne Schattenspender eine wahre Freude. So ist man wenigstens schon schön durchgeschwitzt, bevor man sich mit zehntausenden anderen Besuchern durch die Messehallen schiebt. Den Flüchen nach zu urteilen scheint der junge Mann neben mir im Chewbacca-Kostüm seine Kleiderwahl jedenfalls zu bereuen. Dagegen kommen die kurzberockten Manga-Mädchen bedeutend leichtfüßiger voran. Doch schließlich erreichen wir alle die Eingänge und während ich ungefilzt passieren darf, werden die kostümierten Comicfreaks allesamt nach Waffen durchsucht. Der riesige Krummsäbel des Wikinger-Typen vor mir darf jedenfalls nicht mit aufs Gelände, auch wenn er nur aus Gummi besteht. Den Ausgang der daraus folgenden Diskussion bekomme ich nicht mehr mit, ich betrete bereits die erste Messehalle.

Und was tut der interessierte Messebesucher als erstes? Er geht zu den Imbissständen. Denn ich habe seit dem dreieckigen Putensandwich auf der Raststätte Eichsfeld-Süd nichts mehr gegessen. Ich wähle ein Fleischkäse-Brötchen mit süßem Senf und Krautsalat sowie ein kühles Bier der mir bis dahin völlig unbekannten Sorte „Gose" und suche mir einen Platz auf den zahlreich besetzten Biergarnituren, neben zwei netten Damen und einem scheinbar harmlosen Herrn mittleren Alters. Genau einen Bissen von meinem Brötchen kann ich nehmen, bis er mich anspricht.

„Guten Appetit wünsche ich! Und was führt Sie hier nach Leipzig?"
Ich bin aufgrund des Fleischkäse-Brötchen-Gemischs ein wenig eingeschränkt in meiner Kommunikationsfähigkeit und antworte, nicht ohne einige Krümel über den Tisch zu prusten: „Buufmeffe!"

Diese Antwort genügt meinem Gegenüber offenbar, die Unterhaltung fortzusetzen. Wobei Unterhaltung das falsche Wort ist. Monolog trifft es eher. In diesen bezieht er dann aber auch die beiden Damen am Tisch mit ein. Er zieht drei bunte Werbekostkarten aus seiner Herrenhandtasche und legt sie vor uns auf den Tisch. „Ich bin ja hier, um mein neues Kinderbuch zu promoten. Ist ja nicht mein erstes Buch. Ist mitt-

lerweile das achte. Und es läuft sehr gut. Richtig gut."
Die beiden Damen schauen irritiert. Ich nicke höflich
und schaue mir die Karte an: Ein kunterbuntes Bild
mit diversen Figuren, die sich um einen hasenartigen
Hauptdarsteller in der Mitte scharren. Augenschein-
lich der Held der erfolgreichen Kinderbuchreihe, von
der weder ich und wohl auch die beiden zweifelnd
dreinblickenden Damen noch nie gehört haben. Der
aktuelle, bereits achte Teil der Reihe heißt offenbar
„Puffelmuffel und die geheimnisvolle Insel". Oder so
ähnlich, ich weiß es wirklich nicht mehr. Und den
Namen des erfolgreichen Kinderbuchautors weiß ich
auch nicht mehr. Schade, könnte bei einer Zeugen-
befragung nochmal wichtig werden. Denn mittlerweile sieht er gar nicht mehr so harmlos aus. Erst
jetzt fällt mir sein wirres Haar auf und seine Stimme
wird immer unangenehmer, je länger er spricht.
Kinderbuchautor, ja klar! Kinderschreck trifft es wohl
eher. Jedenfalls stelle ich mir gerade bildhaft eine
Lesung in einem Kindergarten vor, in deren Verlauf
panische Mütter mit ihren heulenden Kleinen fluchtartig den Raum verlassen. Da ich immer noch an meinem Brötchen kaue, wendet sich der Erfolgsautor
nun den beiden Damen zu.

„Was machen Sie denn so beruflich, wenn ich fragen
darf? Haben Sie auch was mit Büchern zu tun? Sind
Sie beruflich hier oder aus privatem Interesse?"
Die eine Dame nuschelt unsicher, sie wäre nur privat
hier, sie würde halt gern lesen. Die andere rutscht
unruhig auf ihrem Stuhl hin und her und schaut sich
heimlich schon nach einem Notausgang um. „Ich bin

Lektorin." sagt sie schließlich und trifft damit genau den Nerv des netten Herrn.

„Aaaah, das ist ja hervorragend!" kreischt er freudig erregt. „Dann könnten Sie mir ja in Zukunft bei meinen Büchern helfen." Die Dame schüttelt den Kopf. Nein, sie wäre ja lediglich Lektorin für historische Romane und Fachbücher. Kinderbücher wären ja so überhaupt nicht ihre Welt und außerdem hätte sie auch gar keine Zeit für weitere Aufträge. Und überhaupt müssten sie und ihre Freundin nun mal weiter, sich einen Vortrag anhören, es sei schon höchste Zeit.

„Das ist aber sehr schade! Aber Sie haben ja meine Nummer, falls Sie es sich doch noch anders überlegen." meint der Kinderschreck, während sich die beiden Damen hinter mir an der Wand entlangdrücken und gequält lächelnd den Ausgang suchen. Lassen die mich hier einfach im Stich! Ich sehe, wie sie im Weggehen die Postkarten zusammen mit ihren leeren Papptellern in den Papierkorb werfen. Jetzt bin ich ihm alleine ausgeliefert. Aber ich habe Glück, offenbar habe ich so viel Ablehnung ausgestrahlt, dass er kein Interesse an einer Zusammenarbeit mit mir hat.

„Naja, ich muss dann auch mal weiter. Wünsche Ihnen noch viel Spaß und Erfolg hier auf der Messe!" Ich grinse gequält und nicke ihm zu, dann verschwindet er in dieselbe Richtung, wie die beiden Damen vor ihm. Ganz kurz denke ich darüber nach, den Sicherheitsdienst zu informieren, aber die hätten mich wahrscheinlich nur verständnislos angeschaut. Vermutlich ist er auch nicht der einzige Verrückte, der hier rumläuft. Autoren sind eben ein etwas verschrobenes Volk. Ich blicke nochmals auf die Karte: Sollte ich Puffelmuffel mal googeln? Ach nee, lieber nicht, ich möchte heute Nacht schließlich noch gut schlafen können. Also trinke ich mein Gose-Bier aus und starte meinen eigentlichen Messe-Besuch. Aber der Auftakt war schon mal vielversprechend. Zumindest was neue Kurzgeschichten angeht.

Da wir gerade von Verrückten sprachen: Auf meinem Weg durch die Halle komme ich an einem Werbeplakat von Christian Anders vorbei. Ach hätte er doch damals den Zug nach Nirgendwo genommen, aber nun ist er offenbar Autor von Werken geworden wie „Das Buch des Lichts" und „Grippewelle durch Chemtrails". Sogar einen eigenen Stand hat er hier, den muss ich später unbedingt mal besuchen. Obwohl ich ein wenig Angst habe. Schließlich habe ich keinen Aluhut dabei und bin den kosmo-energetischen Todesstrahlen dadurch hilflos ausgeliefert. Aber ich bin mir sicher, dass der Messestand von Herrn Anders gegen jegliche irdischen, überirdischen und außerirdischen Angriffe hermetisch abgesichert ist. Er würde sein Publikum doch keinesfalls einer solchen Gefahr aussetzen.

Aber zunächst wandere ich mal etwas ziellos durch die Gänge. Messestände mit Büchern wechseln sich ab mit, überraschenderweise, weiteren Messeständen mit Büchern. Hier und da sitzt an den Ständen jemand und liest aus seinem neuesten Werk. Dies ist besonders eindrucksvoll, wenn dies gleichzeitig an zwei benachbarten Ständen geschieht und die Autoren mit Hilfe von Lautsprecheranlagen versuchen, sich gegenseitig zu übertönen. Die zarte, elfengleiche Jungautorin, die gefühlvoll eines ihrer Liebesgedichte vorzutragen versucht, hat dabei allerdings keine Chance gegen den Verfasser des apokalyptischen Endzeitromans, der mit donnernder, durch die ganze Halle dröhnender Stimme den Untergang der Zivilisation durch gehirnfressende Zombie-Reptiloiden verkündet. Oder ist das schon Christian Anders? Nein. Jedenfalls hängen die Zuhörer mehr oder weniger gebannt an seinen Lippen, während die Liebesgedichte der Elfe leider einem größeren Publikum verborgen bleiben. Als an einem weiteren benachbarten Stand auch noch laute Musik gespielt wird, gibt sie entnervt auf und pfeffert ihren Gedichtband in die Ecke.

Wie auf jeder Messe, so gibt es auch hier die Jäger und Sammler. Man erkennt sie an den riesigen, bereits gut mit Werbematerialien und sonstigen Goodies gefüllten Plastiktüten, die sie in großer Anzahl mit sich herumschleppen. Die Profis unter ihnen haben einen Einkaufstrolley auf Rädern dabei, mit denen rücksichtslos über fremde Füße gerollt wird, die im Wege stehen. Prospekte, Gratis-Zeitschriften, Kugelschreiber, Lesezeichen, Schlüsselanhänger oder kleine Tüten mit Gummibärchen; alles was umsonst ist, wird zusammengerafft. Ob man es braucht, ist egal. Hauptsache haben wollen. Es sind dieselbe Art Menschen, die im Pauschalurlaub vor einem am Buffet in der Schlange stehen, sich Berge von Rührei auf die Teller schaufeln, einem das letzte Stück Lachs vor der Nase wegschnappen und später die halbvollen Teller auf dem Tisch stehen lassen. Wobei es hier auf der Buchmesse doch noch eher gesittet zugeht. Besuchen Sie mal die Boot-Messe in Düsseldorf. Da läuft vielleicht ein Volk rum! Aber ich schweife ab.

Jedenfalls bin ich erschöpft von den Menschenmassen. An einem großen Stand entdecke ich eine Bühne und davor mehrere Sitzreihen. Ich lasse mich auf einen der hinteren Stühle fallen und warte einfach mal ab, was mir hier gleich geboten wird. Erst einmal passiert eine halbe Stunde gar nichts, offenbar habe ich die letzte Veranstaltung gerade verpasst. Das würde auch die vielen leeren Sitzplätze erklären, denn normalerweise herrscht an allen Bühnen ein Riesen-Andrang. Dann aber füllen sich nach und nach die Reihen und die Luft knistert vor Spannung. Ach nein, das ist nur der Typ vor mir mit der Chipstüte. Unverschämtheit, so ein Benehmen auf einer kulturellen Veranstaltung! Kopfschüttelnd trinke ich einen Schluck aus meiner Bierdose aus und drücke die Zigarette an seiner Stuhllehne aus.

Dann geht es offenbar los, denn die Menge beginnt zu klatschen und aus den Lautsprecherboxen, von denen eine dummerweise direkt neben meinem Platz steht, ertönt die tiefe Stimme eines Mannes, der das Publikum begrüßt. Die Stimme ist sehr angenehm, sonor und beruhigend, so wie früher die von Elmar Gunsch. Mit seiner Stimme vorgetragen wurde selbst das schlimmste Unwetter mit Sturm und Hagel zu einer leichten warmen Sommerbrise. Elmar Gunsch. The Voice. Der Mann, der bereits Vollbart trug, als die ganzen Hipster noch nicht einmal das Funkeln in den Augen ihrer Erzeuger waren. Die Älteren wissen, von wem ich rede. Die Jüngeren müssen ihn halt mal googlen. Mein YouTube-Tipp dazu: Elmar Gunsch liest „Satisfaction" von den Rolling Stones.

Jedenfalls recke ich von meinem hinteren Platz aus den Hals, um auf der Bühne den Mann mit der angenehmen Stimme zu entdecken. Aber dort steht kein Mann. Dort steht nur eine Frau. Eine etwa zwei Meter große Frau von sehr stattlichen Ausmaßen in einem luftigen geblümten Sommerkleid, das ihre üppigen Proportionen mehr schlecht als recht verhüllt. Sie hat langes wallendes Haar, das ihr über die Schultern fällt. Ihre ganze Gestalt hat etwas Erhabenes, etwas Dominantes. Als wäre sie direkt aus einer Wagner-Oper entsprungen. Irgendwie fehlt nur noch der Wikingerhelm. Während ich immer noch nach dem Mann suche, sehe ich, wie sich die Lippen der Walküre bewegen. Die dunkle, angenehme, sonore Bassstimme gehört ihr! Oder ihm? Ich muss jetzt vorsichtig sein, denn ich möchte keinesfalls einen gender-bezogenen Shitstorm entfachen. Grundsätzlich ist es mir ja auch egal, wer wie lebt, aber die schöne Erinnerung an Elmar Gunsch ist mit einem Male verflogen. Obwohl man in ihrem Gesicht einen leichten Bartschatten erkennen kann, wenn man genau hinsieht.

Nun gut, konzentrieren wir uns einfach auf das Thema des Vortrages, davon habe ich bei all den völlig nebensächlichen Äußerlichkeiten noch überhaupt nichts mitbekommen. Das Thema ist gut sichtbar auf der ersten Seite der an die große Leinwand geworfenen Power-Point-Präsentation lesbar:

„Gender Mainstreaming und Antidiskriminierung im Vergleich – Von Gender zu Equality-Mainstreaming?"

Tja! Hm! Ich könnte jetzt so tun, als würde mich das Thema wirklich interessieren. Und ich könnte auch versuchen, objektiv über den Verlauf des Vortrags zu berichten. Ich habe mich auch wirklich bemüht, der Diskussion zu folgen. Aber zu meinem eigenen Schutz verlasse ich nach etwa zwei Minuten den Messestand. Eigentlich blöd, hier hätte ich bestimmt Material für eine fantastische Kolumne sammeln können. Aber es könnte auch gut sein, dass ich mir nach Veröffentlichung eines entsprechenden Textes die Radieschen von unten betrachten muss, also verzichte ich nun lieber auf weitere Ausführungen zu dieser Thematik.

Um nach diesem Erlebnis intellektuell wieder runterzufahren, suche ich die Manga-Comic-Halle auf. Die vielen bunten Menschen wirken sehr beruhigend und entspannend. Ich beobachte mehrere Jugendliche beim Selfie mit einer Gestalt, die wie eine Mischung aus Pikachu, Darth Vader und Iron Man aussieht. Genau wie bei der Gender-Veranstaltung eben habe ich auch jetzt keine Ahnung, was hier vor sich geht. Aus Studienzwecken kaufe ich mir das bunteste

Manga-Comicbuch, das ich finden kann, natürlich auf Japanisch. Alles was ich erkenne ist, dass die Figuren in den japanischen Comics alle riesengroße Augen haben, ganz im Gegensatz zum vorherrschenden Klischee über Asiaten. Ich muss mal recherchieren, warum das so ist. Schlechte Vorbereitung, shame on me!

Ach Mensch, ich wollte doch noch zu Christian Anders. Oder zu Lanoo, wie der Erleuchtete sich mittlerweile selbst nennt. Aber eigentlich ist mein Bedarf an Wahnsinn für heute gedeckt. Ich nehme mein Handy und finde bei TripAdvisor einen Irish Pub in der Nähe meiner Unterkunft. Nichts gegen Fantasy-Autoren, Mangas und erleuchtete Weltverbesserer, aber ein kühles Kilkenny und ein zünftiger Burger sind mir jetzt doch lieber.

Danke Leipzig, war schön! Bis zum nächsten Jahr! Vielleicht… Mal sehen… Nein!

Wenn der Zug nach nirgendwo fährt, man aber
mitten auf freier Strecke die Notbremse zieht,
dann kommt so etwas dabei heraus. Zu jedem
Vortrag gab es gratis einen Aluhut.

Online-Dating

Wer heutzutage eine Partnerin oder einen Partner sucht, braucht sich nicht mehr in Discotheken herumzutreiben. Auch das verzweifelte Herumlungern am Gemüseregal im Supermarkt ist nicht mehr notwendig. Und die betrieblichen Weihnachtsfeiern haben als Brutstätte alkoholbedingter Kopulations-Exzesse mit anschließendem verschämten obligatorischem Pflichtdate am nächsten Tag ausgedient. Nein, in unserer digitalen Welt geschieht die Partnersuche mit Hilfe des Internets. Vorbei sind die Zeiten der verschämten Blicke in rauchigen Spelunken und der peinlichen Verkuppelungsversuche von wohlmeinenden Freunden. Das geht nun alles viel einfacher, denn im Netz tummeln sich tausende heiratswillige Herren im geschlechtsreifen sowie Damen im gebärfähigen Alter.

Natürlich könnte man sich auch ans Fernsehen wenden, und bei „Bauer sucht Frau" nach dem Scheunen-Ringelpiez mit Anfassen eine dralle Jungbäuerin auf den heimatlichen Heuboden zerren. Oder, da wir gerade von drallen Damen sprachen, man wendet sich an Vera Int-Veen und sucht sich mit ihrer Hilfe eine Schwiegertochter. Genauer gesagt, eine Schwiegertochter für die eigene Mutter, die bei dieser Sendung selbstverständlich in die Partnervermittlung mit eingebunden wird. Die gestrenge Frau Mama muss schließlich dafür Sorge tragen, dass der 48-jährige Sprössling, der immer noch in der wohlbehüteten

Behaglichkeit des eigenen Kinderzimmers im elterlichen Haushalt wohnt, eine zu ihm passende Partnerin erwählt. Und welche das ist, das entscheidet immer noch Mutti. Heiratsfähige Kandidatinnen, die nach der Begrüßung durch die künftige Schwiegermutter noch nicht umgehend fluchtartig das Weite suchen, kommen dabei in die engere Auswahl. Aber nicht jeder ist dazu bereit, seine eigene Beziehungsanbahnungsunfähigkeit zur öffentlichen Belustigung freizugeben. Und Landwirt sind heute auch nur noch die Wenigsten.

Also bleibt wieder mal nur das Internet als Rettung in der Not. Auf Dutzenden Webseiten werden die Verkupplungsdienste angeboten, natürlich gegen Bezahlung, schließlich ist die Vermittlung einer adäquaten Beischlaf- und Lebenspartnerin eine herausfordernde und anspruchsvolle Aufgabe. Und ich glaube den Seitenbetreibern, dass es ihnen ein ehrliches und aufrichtiges Bedürfnis ist, ein einsames Herz an den richtigen Mann oder die richtige Frau zu bringen. Aus diesem Grund kann man auf allen Seiten vermutlich auch Jahresverträge abschließen, um auch wirklich eine gründliche und intensive Suche durchführen zu können. Irgendwie widerspricht diese Vertragsdauer aber der Aussage des Marktführers, denn bereits alle elf Minuten verliebt sich ein Single über Parship. Das ist schön für den Single, allerdings blöd, wenn es nur dieser eine ist. Denn auch wenn heutzutage die Ehe für alle möglich ist, so ist doch immer noch mindestens eine zweite Person für diesen Vorgang erforderlich. Außerdem ist es sehr anstrengend für einen

Single, sich alle elf Minuten zu verlieben. Man kommt dann ja zu gar nichts anderem mehr.

Neben dem oben bereits erwähnten Anbieter, hat man noch viele andere zur Auswahl. Dabei helfen weitere Portale, die die besten Dating-Seiten testen und Empfehlungen geben. Da die Dating-Seiten diese Portale allerdings selbst betreiben und finanzieren, kann man eigentlich auch genauso gut würfeln, für welchen Anbieter man sich entscheidet. Manchmal hilft ja auch ein Blick auf die Webseite selbst und die Eigenwerbung, die dort betrieben wird. Die blonde junge Dame jedenfalls, die im Werbespot des Marktführers vor lauter parshippen keine Zeit mehr zum Volleyballspielen hat, scheint ihre Wahl getroffen zu haben und damit sehr glücklich zu sein. Zumindest elf Minuten lang.

Elite Partner ist dagegen nur etwas für Akademiker und Singles mit Niveau. Ob man solches besitzt, das muss jeder für sich selbst beurteilen. Vielleicht entscheidet man sich als asozialer Proll ja auch ganz bewusst für diese Seite. Ist ja ganz schön, wenn dann wenigstens einer der Partner Niveau und einen akademischen Grad besitzt. Gegensätze sollen sich ja anziehen.

Bei Lovescout24 hingegen ist der größte Vorteil die unkomplizierte Vergleichsmöglichkeit. Einfach die gewünschten Eigenschaften wie Größe, Farbe, Erstzulassung, Hubraum, Kilometerstand und Ausstattung (wie Tieferlegung, Airbags oder Standgebläse) angeben und die gewünschte Partnerin wird angezeigt, je nach Wunsch in Neu- oder Gebrauchtzustand. Und natürlich gibt es auch Webseiten für „Special Interest", wie zum Beispiel Zweisam, für Singles über 50. Darüber hinaus noch jede Menge Seiten für die gleichgeschlechtliche Partnersuche und für das rein erotische Vergnügen. Es sollte also für jeden Geschmack etwas dabei sein.

Nachdem man sich dann also auf der Webseite seiner Wahl angemeldet hat, muss man erst einmal richtig hart arbeiten. Denn nun muss man sich selbst beschreiben. Die Angabe der äußerlichen körperlichen Merkmale ist dabei noch die leichteste Übung, aber schon hier drohen die ersten Stolperfallen. Denn natürlich ist es verlockend, den kaum noch vorhandenen Haaransatz oder die 20 Kilogramm Übergewicht erst einmal nicht zu erwähnen. Ein Foto aus dem letzten Jahrtausend ist ja meist auch viel vorteilhafter als die aktuelle Realität und passt viel besser zu den angegebenen Daten. Allerdings sollte man bedenken, dass es ja eventuell tatsächlich einmal zu einem persönlichen Aufeinandertreffen kommen könnte, was ja auch der eigentliche Sinn der Sache ist. Und dann auf die Schnelle noch ein Toupet zu besorgen oder einen Turbo-Kurs im Fitness-Studio zu belegen, das geht meistens nach hinten los. Auch bei der Angabe von Vorlieben oder Charaktereigenschaften sollte man lieber ehrlich sein. Der sanftmütige ausgeglichene Katzenliebhaber, der beim erstmaligen Aufeinandertreffen mit den vier samtpfotigen Mitbewohnern seiner Angebeteten einen scharlachroten Hautausschlag nebst damit einhergehenden Tobsuchtsanfällen erleidet, büßt jedenfalls stark an seiner Glaubwürdigkeit ein.

Viele der Dating-Webseiten lassen den Liebessuchenden sogenannte „Persönlichkeitstests" absolvieren; endlose Fragenkataloge zu allen möglichen Themengebieten. Hierfür sollte man sich schon ein wenig Zeit nehmen, denn wie schnell wird man als Psychopath entlarvt, nur weil man die violette Sitzgruppe der mausgrauen vorzieht. (Liebe Grüße an Loriot an dieser Stelle.) Man sollte also die Balance aus Ehrlichkeit und „Was könnte der Hintergedanke bei dieser Frage sein und wie kommt meine Antwort bei der potentiellen Partnerin an?" finden. Gar nicht so leicht, man sollte sich also etwas intensiver mit der Fragestellung auseinandersetzen, damit man später nicht an eine hyperaktive, paraglidende, abstinente Marathonläuferin gerät, während man sich selbst am liebsten mit einer großen Tüte Chips vor dem Fernseher besäuft. Ein Verhalten, das übrigens die allerwenigsten Frauen anziehend finden. Insofern sollte man bei der Angabe seiner persönlichen Vorlieben etwas Vorsicht walten lassen.

Hat man den Fragenmarathon dann allerdings erfolgreich absolviert, wird man mit einer auf hochmodernen psychologischen Methoden beruhenden Auswertung belohnt. In dieser werden mit Prozentangaben versehende persönliche Partnervorschläge gemacht. Wirklich praktisch, dann braucht man sich gar nicht selbst die Mühe machen, die zahllosen Profile nach einer passenden Partnerin zu durchforsten. Man nimmt sich einfach die mit der höchsten Prozentzahl. Bei einer Übereinstimmung von über 90% ist der Weg in eine glückliche Ehe, mit drei bis vier Kindern in einem gemütlichen Eigenheim ein reiner Selbstläufer. Wohingegen man Prozentwerte von unter 30% besser nicht auswählen sollte, sofern man nicht masochistisch veranlagt ist und daher ewige Höllenqualen der Langeweile und Vereinsamung vorzieht. Zumindest theoretisch ist es also ein Leichtes, die ideale Partnerkonstellation anhand eines möglichst hohen Prozentwertes herauszufiltern. Allerdings kann man sich nicht blind darauf verlassen. Denn erst beim realen Treffen merkt man, ob die 95%ige Traumfrau sich auch tatsächlich als solche herausstellt. Manchmal kapituliert die Wissenschaft dann eben auch einfach vor dem Nasenfaktor. Ansonsten würden ja nur noch überglückliche Traumpaare herumlaufen und die Partner-Portale wären schnell pleite. Offenbar haben die Jahresverträge doch ihre Berechtigung.

Aber trotz allem haben viele Menschen über diese Portale ihren Traumpartner gefunden. Manche sogar bereits mehrfach. Insofern sollte man es ruhig einmal auf diesem Wege versuchen. Und falls es nicht klappt, kann man immer noch nach Thailand in den Urlaub fliegen und sich was Schönes mitbringen.

Wer das althergebrachte Flirten in Kneipen dem modernen Online-Dating vorzieht, sollte zur Vermeidung von Missverständnissen lernen, zwischen den Zeilen zu lesen.

Asoziale Medien

Neben unserer realen Welt, auf der wir alle fröhlich herumhüpfen, existieren noch die „Sozialen Medien". Wobei sozial wohl eher das falsche Wort ist. Facebook, Twitter, Instagram und Co. sind ein wahres Paradies für all diejenigen, die hemmungslos und aus vollem Herzen gegen alles schimpfen, wüten und hetzen wollen und sich dies im echten Leben nicht trauen. Weil sie minderbemittelte, unscheinbare, besserwisserische, rassistische und sexistische, mit winzig kleinen Genitalien ausgestattete Arschlöcher sind. Beiderlei Geschlechts übrigens.

Dass das Internet für solche Gestalten ein rechtsfreier Raum ist, in dem nur ganz selten jemand für seine verbalen Ausfälle zur Verantwortung gezogen wird, ist höchst bedauerlich. Dem kann man sich eigentlich nur entziehen, indem man diese Medien so wenig wie möglich nutzt. Leider kommt man heute kaum noch daran vorbei. Ich habe daher für mich einen Weg gefunden, wie man mit Hass-Postings und Shitstorms viel Spaß haben kann.

Immer wenn mir langweilig ist, gehe ich ins Internet und poste auf Facebook oder Twitter irgendein, an sich harmloses aber nicht dem Mainstream entsprechendes Statement. Hui, wie dann die Wüteriche aus dem Netz gesprungen kommen, es dauert nur wenige Minuten, bis sich der erste aufregt. Eine Geschichte, wie die über das Online-Dating eignet sich zum

Beispiel hervorragend für einen Shitstorm. Aber normalerweise reicht es, wenn man irgendein aktuelles Thema wählt, und dazu eine eventuell nicht ganz dem Massengeschmack konforme Meinungsäußerung von sich gibt. Themengebiete wie Umweltschutz, Klima, Gleichberechtigung, Kindererziehung oder Haustiere reichen da völlig aus. Man braucht noch nicht einmal richtig politisch zu werden.

Zum Beispiel habe ich mich mal auf Facebook an einer Diskussion über Steingärten beteiligt. Dafür schütten manche Menschen ihren Vorgarten komplett mit Kies zu. Kein Rasen, keine Pflanzen, nur steriler Kies und Beton. Natürlich sieht das weder toll aus, noch ist es sehr umweltfreundlich. Aber meine Meinung, die ich unvorsichtigerweise dazu gepostet habe, ist, dass ja jeder selbst wissen muss, was er mit seinem Eigentum macht. Und wenn er möchte, dass es scheiße aussieht, dann soll er es eben tun. Mit diesem kurzen Statement hatte ich innerhalb weniger Minuten wütende Proteste und Beschimpfungen als Antwort. Übrigens von beiden Seiten. So wurde ich, insbesondere von Grün-Wählern, über die ökologische Unverantwortlichkeit solcher Horror-Gärten aufgeklärt, mit all ihren Auswirkungen auf den Klimawandel. Ungefragt erhielt ich Statistiken zum Bienensterben und zur Klimaerwärmung der letzten 30 Jahre. Und es wäre einfach unverantwortlich, wenn ich solchem Frevel an unserer Natur durch die Billigung dieses furchtbaren Garten-Trends Vorschub leisten würde. Die Pro-Steingarten-Fraktion hingegen beschimpfte mich, dass ich ja keine Ahnung von

Ästhetik hätte. Außerdem wären diese Art Gärten pflegeleicht und hygienisch und würden damit der Umwelt eher zuträglich sein, als die verlotterten wilden Schrottgärten der linksgrün versifften Spinner. Wunderbare Reaktionen zu einem Thema, das mir eigentlich vollkommen egal war. Mir war einfach nur langweilig.

Aber so funktioniert eben das Internet. Ich glaube, nächstes Mal poste ich in eine Helikopter-Elterngruppe, dass man seinem zwölfjährigen Kind doch durchaus zumuten kann, den eineinhalb Kilometer weiten Weg zur Schule zu Fuß oder mit dem Fahrrad zurückzulegen. Ich freue mich schon jetzt auf die wütenden Proteste der SUV-Mamis, wie unverantwortlich man doch sein kann. Und man müsste mir das Jugendamt auf den Hals hetzen. Da kann man sich einfach nur eine Tüte Popcorn machen und den Hasstiraden beim sekündlichen Aufploppen auf der Facebook-Seite zuschauen. Und wie die sich dann gegenseitig hochschaukeln. Herrlich! Dabei habe ich gar keine Kinder. Ich hoffe, das Jugendamt kommt dann wirklich mal vorbei, dann muss ich diese Deppen nicht allein auslachen. Am besten, man postet dann noch etwas wie: „Uns hat früher auch niemand zur Schule gefahren. Und wir mussten acht Kilometer durch meterhohen Schnee laufen, ohne Schuhe!" Hach, das macht Spaß!

Natürlich kann man auf diese Art und Weise nicht mit jedem rassistischen Hetzer umgehen. Solche Typen müssen einfach sofort geblockt und gemeldet werden. Wobei Facebook ja bekanntermaßen bei Titten schneller reagiert, als bei Hakenkreuzen. Aber bei ganz normalen Themen ist es einfach schön zu sehen, wie man mit geringem Einsatz heftige Reaktionen hervorrufen kann. Eigentlich schon etwas traurig, da passt dann doch der alte Satz: Früher war alles besser. Na gut, vielleicht nicht alles. Und auch nicht besser. Aber zumindest anders. Aber das Internet wird sich wohl nun leider doch auf Dauer durchsetzen, also müssen wir da alle durch.

Übrigens: Sobald sie volljährig ist, heirate ich Greta Thunberg. Und als Hochzeitsreise machen wir dann eine schöne Kreuzfahrt. Feuer frei, Ihr Hater!

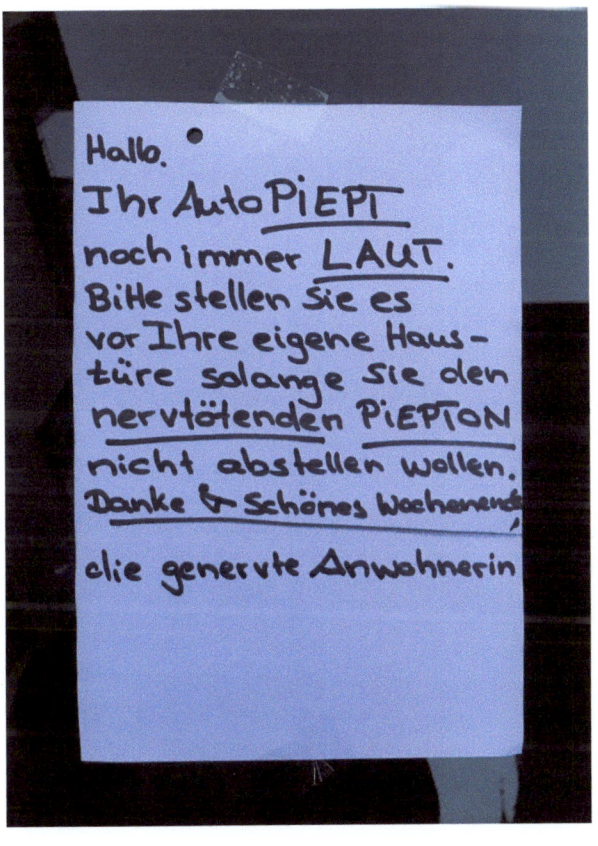

Gerade in ländlichen Gebieten behilft man sich mangels schnellen Internets oftmals noch mit der handschriftlichen Kommunikation. 34% aller Fälle von Tinnitus entpuppen sich übrigens als unsachgemäß abgestellte Kraftfahrzeuge.

Nachwort

So, Sie haben es geschafft! Sie haben meine geistigen Ergüsse von der ersten bis zur letzten Seite über sich ergehen lassen. Oder vielleicht haben Sie ja auch geschummelt und alles nur überflogen. Oder sich nur die Bilder angeschaut. Die ich übrigens alle selbst fotografiert habe. Jedenfalls sind wir nun am Ende angelangt. Und ganz egal, ob Sie alles gelesen haben: Sie haben für dieses Buch bezahlt. Und das ist gut so, denn davon lebe ich. Zumindest versuche ich es irgendwann einmal.

Ich hoffe jedenfalls, dass ich Ihnen und Euch eine kleine Hilfestellung für den Umgang mit dem Alltagswahnsinn geben konnte. Damit die Dinosaurier nicht noch einmal aussterben. Denn in der großen digitalen Welt ist etwas analoges Denken manchmal durchaus hilfreich.

Und wer es noch nicht kennt, darf sich gern über weitere lustige Alltagsgeschichten in meinem ersten Buch „Der ganz normale Irrsinn" freuen. Bestellbar als Printversion oder E-Book, bei Books on Demand, bei Amazon oder jedem sonstigen Online-Versand oder, am besten, bei jedem lokalen Buchhändler seines Vertrauens.

Danke fürs Lesen!

Über den Autor

Torsten Raap stammt aus der tiefsten Provinz im nördlichen Niedersachsen. In dieser rauen und kärglichen Umgebung war ein Überleben nur mit viel Humor und Ironie möglich. Eine Ausbildung in der dortigen Kommunalverwaltung, ein Studium der Betriebswirtschaft sowie eine über 20-jährige Tätigkeit im Finanzcontrolling prägten seinen weiteren Lebensweg. Als aufstrebender Jungautor von 52 Jahren hat er es sich deshalb nun zur Aufgabe gemacht, den alltäglichen Wahnsinn in unserer Gesellschaft zu dokumentieren.

Von Torsten Raap sind bislang im Selfpublishing bei Books on Demand erschienen:

Der ganz normale Irrsinn – Geschichten aus dem Leben (2018)

Als Dinosaurier durch die Neuzeit – Über den korrekten Umgang mit Café Latte, E-Scootern und Internet (2019)

Aktuell in Arbeit ist ein Kriminalroman, der auf der Insel Sylt spielt. Geplante Veröffentlichung im ersten Halbjahr 2020.